O cometa

O fim da
supremacia
branca

F☀SF☀R☀

W. E. B. DU BOIS

O cometa

Tradução do inglês por
ANDRÉ CAPILÉ

2ª reimpressão

Seguido de

SAIDIYA HARTMAN

O fim da supremacia branca

Tradução do inglês por
FLORESTA

NEW YORK CITY MAP.

Entered, according to Act of Congress, in the year 1857,
by HUMPHREY PHELPS, in the Clerk's Office of the District
Court of the United States for the Southern District of New York.

EXPLANATION

Ward Numbers	12
Boundaries	
New Wards	IV W
Boundaries	
Fire Districts	IV
Rail Roads	

BROOKLYN
STREET AND AVENUE GUIDE.

WESTERN DISTRICT.

EASTERN DISTRICT.
(Williamsburg.)

O cometa

ELE FICOU POR UM INSTANTE na escadaria do banco, observando o rio humano que descia agitado pela Broadway. Poucos o notavam. E, quando o faziam, era de um modo hostil. Ele estava fora do mundo, "um nada!", como disse amargurado. Ouvia algumas palavras ditas pelos passantes.

"O cometa?"

"O cometa..."

Todo mundo comentava. Até o presidente, ao entrar, sorriu condescendente para ele e perguntou:

"Então, Jim, você está com medo?".

"Não", disse lacônico o mensageiro.

"Achei que já tivéssemos viajado na cauda do cometa uma vez", interrompeu afável o jovem escriturário.

"Ah, era o Halley", disse o presidente, "este cometa é novo, bem desconhecido, dizem — maravilhoso, maravilhoso! Eu o vi na noite passada. Ah, a propósito, Jim", ele disse, voltando-se de novo para o mensageiro, "quero que você desça até as câmaras subterrâneas hoje."

O mensageiro seguiu o presidente em silêncio. Claro que queriam que *ele* descesse até o subterrâneo. Era perigoso demais para homens mais valiosos. Deu um sorriso desesperançado e ouviu.

"Tudo que tinha valor foi retirado assim que a água começou a vazar", disse o presidente, "mas sentimos falta de dois volumes de registros antigos. Imagino que você possa dar uma procurada lá embaixo... não é muito agradável, suponho."

"Não muito", disse o mensageiro enquanto saía.

"Bem, Jim, a cauda do novo cometa nos atingirá ao meio-dia dessa vez", disse o escriturário do cofre ao entregar as chaves. O mensageiro desceu as escadas em silêncio. Ele desceu abaixo da Broadway, onde a luz era fraca, filtrada por pés de homens apressados; e mais abaixo, até o porão escuro; e mais ainda, na escuridão e no silêncio, sob a caverna mais profunda. Aqui, com sua lanterna pesada, apalpou as entranhas da Terra, debaixo do mundo.

Ele respirou fundo ao atravessar a última grande porta de ferro e pisar no limo fétido. Aqui finalmente havia paz, e ele seguiu tateando de mau humor. Uma ratazana passou num salto, e seu rosto rompeu teias de aranha. Ele procurou cuidadosamente pelo espaço, tocando prateleira por prateleira, o chão enlameado, as fendas e os cantos. Nada. Voltou para o fundo da sala, onde, de alguma forma, a parede parecia diferente. Sondou, empurrou e esquadrinhou. Nada. Afastou-se. Então, algo o fez voltar. Ele tateava concentrado quando, de repente, a parede negra moveu-se inteira, como se tivesse dobradiças gigantes, e a escuridão bocejou para além. Ele espiou dentro: evidentemente um compartimento secreto — algum esconderijo do velho banco, desconhecido nos dias atuais. Hesitante, entrou. Era uma sala comprida e estreita com prateleiras, e na outra extremidade havia um antigo baú de ferro. Em uma estante alta estavam os dois volumes de registro perdidos, dentre outros. Ele os separou com cuidado e andou até o baú. Era velho, firme e oxidado. Olhou para a fechadura imensa e antiquada e iluminou as dobradiças. Estavam profundamente incrustadas de ferrugem. Procurando em volta, ele encontrou um pedaço de ferro para usar como alavanca. Cem anos de ferrugem haviam devorado o cofre. A velha tampa desgastada foi levantada devagar e, num último e grave rangido, desnudou o tesouro — e ele viu o brilho opaco do ouro.

"Cabum!"

Um rangido baixo, estrondoso e reverberante, assaltou-lhe os ouvidos. Ele se levantou e olhou em volta. Tudo estava imóvel, um breu. Tateou em busca de sua lanterna e iluminou ao redor. Foi quando entendeu. A grande porta de pedra se fechara. Ele esqueceu o ouro e encarou a morte face a face. Então, com um suspiro, começou a trabalhar metodicamente. Sentia na testa o suor frio. Procurou, bateu, empurrou sem parar até que, depois do que pareceram horas intermináveis, sua mão esbarrou em um pedaço de metal frio e a grande porta, mais uma vez, se moveu asperamente nas dobradiças. Em seguida, ao bater em algo macio e pesado, parou. Só restou espaço para ele passar espremido. Ali estava o corpo do escriturário do cofre, frio e rígido. Ao encará-lo, sentiu-se mal e nauseado. O ar parecia inexplicavelmente infecto, com um odor intenso e estranho. Ele deu um passo à frente, agarrou-se ao vazio e caiu desmaiado sobre o cadáver.

Despertou com uma sensação de horror, desvencilhou-se do corpo num salto e subiu as escadas se arrastando, chamando pelo guarda. Encontrou-o sentado como se dormisse, e o portão balançando aberto. Passou os olhos por ele e subiu apressado para a câmara intermediária. Em vão, chamou pelos vigias. Sua voz ecoou duas vezes bizarramente. Subiu correndo até o grande subsolo. Aqui outro guarda jazia de bruços, frio e imóvel. Um temor tomou o coração do mensageiro, que subiu desabalado até o banco. A quietude da morte reinava por toda parte, e por toda parte curvavam-se, vergavam-se e estiravam-se as formas silenciosas dos homens.

O mensageiro parou e olhou ao redor. Ele não era um homem facilmente impressionável, mas a visão era apavorante. "Roubo e assassinato", murmurou devagar para si ao ver a boca retorcida e babada do presidente, estatelado em sua mesa. Então, um novo pensamento se apossou dele: e se o encontrassem aqui sozinho — com todo esse dinheiro e todos esses homens mortos —, quanto valeria sua vida? Olhou ao redor, foi na ponta dos pés até uma porta lateral e, mais uma vez, olhou para trás. Com cuidado, girou a maçaneta e saiu na Wall Street.

Como estava quieta a rua! Nenhuma alma viva e, no entanto, era meio-dia. Wall Street? Broadway? Ele olhou de cima a baixo quase sem controle, depois para o outro lado da rua e, enquanto olhava, um sentimento de horror doentio congelou-lhe os membros. Com um grito engasgado do mais absoluto pavor, ele se apoiou de forma brusca na fachada do prédio gélido enquanto encarava impotente a cena.

No grande portal de pedra, uma centena de homens, mulheres e crianças jaziam esmagados, retorcidos e prensados, metidos à força naquela passagem, feito restos em uma lixeira — como se, em uma arremetida frenética e selvagem em busca de segurança, tivessem se precipitado diretamente para a morte. O mensageiro arrastou-se devagar pelas paredes, umedecendo a boca ressecada e tentando compreender e apaziguar o tremor das pernas e dos braços e o crescente terror em seu coração. Encontrou um empresário, de cartola e sobrecasaca, que também havia se esgueirado ao longo daquela parede lisa e agora estava morto feito pedra, com o espanto estampado nos lábios. O mensageiro desviou os olhos rápido em busca do meio-fio. Uma mulher se recostava em um poste, a cabeça sem vida curvada sobre o colo coberto de renda de seda. À sua frente, um bonde, parado, e dentro dele... Mas o mensageiro nem olhou direito e seguiu. Um garoto encardido que vendia jornal estava sentado na sarjeta, com a "última edição" na mão erguida: "Perigo!", exclamava a manchete. "Alertas transmitidos para o mundo. A cauda do cometa passará por nós ao meio-dia. Esperam-se gases fatais. Fechem portas e janelas. Dirijam-se aos porões." O mensageiro leu e cambaleou. Ao longe, em uma janela no alto, uma moça jazia com o rosto sufocado e mangotes nos braços. Na entrada de uma loja, uma garotinha sentada, com o rosto angelical voltado para o céu, e no carrinho ao seu lado... Mas o mensageiro já havia desviado o olhar. Foi a gota d'água: o terror irrompeu em suas veias, e com um único grito arquejante ele disparou desesperado e correu. Correu como só as pessoas apavoradas correm, ofegando e dando socos no ar até que, com um último gemido de dor, se atirou na grama da Madison Square e ficou ali de bruços, imóvel.

Quando se levantou, ele evitou olhar para as formas imóveis e mudas nos bancos, e foi até uma fonte molhar o rosto. Então, escondido em um canto, afastado do drama da morte, se recompôs aos poucos e recapitulou: o cometa havia varrido a Terra e este era o fim. Estava todo mundo morto? Ele precisava descobrir.

Sabia que deveria ficar firme e manter a calma, caso contrário enlouqueceria. Primeiro, devia ir a um restaurante. Subiu pela Quinta Avenida até um hotel famoso e entrou por seus salões deslumbrantes e fantasmagóricos. Lutando contra a náusea, tomou uma bandeja de mãos defuntas e apressou-se para a rua, onde comeu vorazmente, escondendo-se para não ser visto.

"Ontem eles não teriam me servido", murmurou, enquanto se forçava a comer.

Depois, subiu a rua olhando, examinando, tocando campainhas e soando alarmes. Quieto, tudo quieto. Não havia ninguém — ninguém —, ele não ousava pensar naquilo e apressava-se.

Subitamente estacou. Tinha esquecido. Meu Deus! Como poderia ter esquecido? Ele deveria correr para o metrô — quase riu. Não, um carro; se conseguisse achar um Ford. Viu um. Com cuidado livrou-se do corpo que o ocupava e tomou seu lugar no assento. Testou o acelerador. Tinha gasolina. Soltou o freio, tremendo, e dirigiu rua acima. Havia mortos por toda parte: erguidos, curvados, encostados e deitados, num silêncio sinistro e horrendo. Passou por um automóvel, destruído e capotado; por outro, que levava um grupo alegre, cujos sorrisos ainda duravam nos lábios atingidos pela morte; passou por aglomerações e por uma série de carros sendo parados por policiais mortos; na rua Quarenta e Dois teve que desviar para a Park Avenue a fim de evitar um engarrafamento de cadáveres. Retornou à Quinta Avenida na altura da Cinquenta e Sete, passou voando pelo Plaza e pelo parque com seus bebês aquietados e sua multidão silenciosa, até que, enquanto acelerava pela rua Setenta e Dois, ouviu um grito cortante e viu uma coisa viva se debruçando ferozmente em uma janela. Engasgou. A voz humana soou em seus ouvidos como se fosse a voz de Deus.

"Ei... ei... socorro, em nome de Deus!", a mulher gritava, "tem uma garota morta aqui e um homem e... e ali há homens e cavalos mortos tombados pela rua... pelo amor de Deus, traga as autoridades..." E as palavras se transformaram em um choro histérico.

Ele deu meia-volta bruscamente, passou por cima do corpo imóvel de uma criança e subiu com o carro no meio-fio. Saltou correndo os degraus, tentou abrir a porta e esmurrou a campainha. Houve uma longa pausa, mas por fim a porta pesada se abriu. Olharam-se por um momento em silêncio. Ela não tinha notado que ele era um preto. Ele não pensara nela como branca. Era uma mulher de talvez vinte e cinco anos — particularmente bela e vestida com requinte, de cabelos louros e joias. Ontem, ele pensou com amargura, ela mal o teria olhado. Ele não passaria de um punhado de sujeira sob seus pés sedosos. Ela encarou-o. De toda sorte de homens que havia imaginado vir em seu resgate, não poderia sonhar com alguém como ele. Não que ele não fosse humano, mas habitava um mundo tão distante do dela, tão infinitamente distante, que raramente fazia parte de seus pensamentos. No entanto, quando o olhou com curiosidade, ele parecia bastante comum e habitual. Era alto, um trabalhador escuro da melhor qualidade, com um rosto sensível, treinado para a imperturbabilidade, roupas e mãos de homem pobre. Seu rosto era suave e bronco, e seus modos eram ao mesmo tempo frios e nervosos, como incêndios há muito em brasas, mas não apagados.

Por um momento, cada um parou e mediu o outro. Então, a lembrança do mundo morto rapidamente voltou e eles se aproximaram.

"O que aconteceu?", ela perguntou aos prantos. "Me diga! Nada se mexe. Tudo é silêncio! Vejo os mortos espalhados diante da minha janela como se derrubados pelo sopro de Deus... e veja...", ela o arrastou através de longas cortinas de seda até onde, sob o brilho do mogno e da prata, o corpo pequeno de uma governanta estava estendido, em um sono perpétuo e tranquilo, e, perto dela, um mordomo jazia debruçado sobre sua libré.

As lágrimas correram pela face da mulher, que se agarrou ao braço dele, até que o perfume do hálito dela varreu-lhe o rosto e ele sentiu os tremores que percorriam o corpo dela.

"Eu estava quieta em minha câmara escura, revelando fotos do cometa que tirei ontem à noite; quando saí... vi os mortos!"

"O que aconteceu?", ela perguntou chorando de novo.

Ele respondeu com vagar:

"Algo... cometa ou demônio... varreu a Terra esta manhã e... muitos morreram".

"Muitos? Quantos?"

"Eu procurei e não vi outra alma viva, além de você."

Ela arquejou e eles se encararam.

"Meu... pai!", ela sussurrou.

"Onde ele está?"

"Ele foi para o escritório."

"Onde fica?"

"Na Metropolitan Tower."

"Deixe um bilhete para ele aqui e vamos."

Então, ele parou.

"Não", disse com firmeza, "antes devemos ir até o Harlem."

"Harlem!", ela lamentou. Em seguida, entendeu. De início bateu o pé com impaciência. Olhou para trás e estremeceu. Então desceu os degraus resoluta.

"Há um carro mais rápido no pátio", ela disse.

"Não sei dirigi-lo", disse ele.

"Eu sei", ela respondeu.

Em dez minutos eles voavam contra o vento em direção ao Harlem. O Stutz arrancou e acelerou feito um avião. Viraram na rua Cento e Dez sobre duas rodas e derraparam cantando pneus na Cento e Trinta e Cinco.

Ele saiu do carro por um instante. Quando voltou, seu rosto estava cinza. Sem olhar, ela disse:

"Você perdeu alguém?".

"Eu perdi todo mundo", ele disse, sem mais, "a menos que...".

Saiu correndo novamente e demorou vários minutos — horas, pareceu a ela.

"Todo mundo", repetiu, e voltou devagar segurando algo enrolado, que enfiou no bolso.

"Receio que eu tenha sido egoísta", ele disse. Mas o carro já seguia em direção ao parque, entre os cadáveres escuros e enfileirados do Harlem — os rostos negros imóveis, as mãos nodosas, as vestes simples e o silêncio — o silêncio feroz e assustador. Saindo do parque, rodopiaram ao entrar na Quinta Avenida. Desviando dos mortos, derraparam e frearam, sem precisar buzinar ou bramir, até que avistaram a Metropolitan Tower, imensa e quadrada. Ele afastou com cuidado o corpo do ascensorista, um garoto. O elevador subiu. A porta do escritório estava aberta. Na soleira jazia o corpo da estenógrafa e, olhando para ela, a secretária morta, sentada. O interior do escritório estava vazio, mas havia um bilhete sobre a mesa, dobrado e com o endereço, porém não enviado:

Querida filha:
Fui dar um passeio no Mercedes novo do Fred. Não devo voltar antes do jantar. Convidei Fred.

J. B. H.

"Vamos", ela gritou nervosa. "Precisamos vasculhar a cidade."

De cima a baixo, por toda parte, de novo e mais uma vez continuou aquela busca fantasmagórica. Em todo lugar havia silêncio e morte — morte e silêncio. Procuraram da Madison Square a Spuyten Duyvil; percorreram a ponte Williamsburg; varreram todo o Brooklyn; do Battery Park e de Morningside Heights examinaram o rio. Silêncio, silêncio em todos os lugares, e nenhum sinal de vida humana. Abatidos, sujos e exaustos, desceram lentamente a Broadway sob o sol escaldante e, afinal, pararam. Ele farejou o ar. Um odor — um mau cheiro — e com a mudança da brisa um fedor nauseabundo enchiam-lhe as narinas carregando seu aviso terrível. A garota recostou-se, impotente, em seu assento.

"O que podemos fazer?", ela perguntou.

Agora era sua vez de assumir a liderança, e ele o fez rapidamente.

"Telefone, chamada interurbana. Telégrafo e mensagem por cabo. Sinalizadores noturnos e, então, fugir!"

Ela olhou para ele, forte e confiante. Ele não parecia os outros homens, os homens como ela sempre imaginou; contudo, agia como um, e isso a contentava. Em quinze minutos, estavam na central telefônica. Quando chegaram, ele passou rápido à frente dela, deslocando-a com cuidado para trás enquanto fechava a porta. Ela o ouvia para lá e para cá, e reconhecia seus fardos — os pequenos fardos que ele carregava. Quando ela entrou, ele estava sozinho na sala. O sinistro painel de distribuição de chamadas reluzia sua superfície metálica em uma imobilidade esfíngica, enigmática. Ela se sentou em um banquinho e colocou o fone de ouvido brilhante. Olhou para o microfone. Ela nunca tinha olhado tão de perto para um. Era largo e preto, marcado pelo uso; inerte; morto; quase sarcástico em suas curvas insensíveis. Parecia — ela repeliu o pensamento — mas parecia... teimava em parecer com... ela virou a cabeça e se viu sozinha. Por um instante ficou aterrorizada; então, agradeceu em silêncio a ele por sua delicadeza e se virou, resoluta e ágil, tomando ar.

"Alô", ela chamou em voz baixa. Estava chamando o mundo. O mundo *precisa* responder. O mundo *responderia*? O mundo...

Silêncio.

Ela falara muito baixo.

"Alô!", ela chamou, a voz plena dessa vez.

Se pôs em escuta. Silêncio. Seu coração acelerou. Gritou em alto e bom som, com clareza: "Alô! Alô! Alô!".

O que era aquele zunido? Certamente — não — seria o ruído de um receptor?

Ela se inclinou para perto, moveu os plugues nos buracos, e chamou e chamou até que sua voz virou quase um guincho. O coração martelava. Foi como se ela tivesse ouvido a última centelha da Criação, e o Mal era silêncio. Sua voz cedeu a um soluço. Sentada, olhou apalermada para o bocal sarcástico e preto e, mais uma vez, vieram os pensamentos. A esperança estava morta dentro dela. Sim, restavam o telégrafo e os sinalizadores; mas o mundo — ela não conseguia dar forma ao pensamento ou dizer a palavra. Era muito poderoso — muito tenebroso! Virou-se em direção à porta com um novo temor no coração. Pela primeira vez ela pareceu se dar conta de que estava sozinha no mundo com um estranho, com algo mais que um estranho — um pária por seu sangue e sua cultura — desconhecido, talvez indecifrável. Era terrível! Ela precisava escapar — precisava fugir. Ele não deveria vê-la novamente. Quem saberia, que pensamentos horríveis...

Ela ajustou com habilidade as saias de seda em torno das pernas jovens e lisas — e se esgueirou atentamente para uma sala lateral. Encolheu-se por um instante: o cômodo estava cheio de mulheres mortas; então ela correu até a porta, que esmurrou — fazendo seus dedos sangrarem — até que abrisse. Olhou para fora. Ele estava no alto da viela — a silhueta, alta e negra, imóvel. Estava olhando para ela ou para o nada? Ela não sabia — não se importava. Simplesmente saiu correndo — correu até que se viu sozinha entre os mortos e as altas muralhas de arranha-céus.

Parou. Estava sozinha. Sozinha. Sozinha nas ruas — sozinha na cidade — talvez sozinha no mundo. A sensação de estar sendo enganada apoderou-se dela — sentia mãos rastejantes às suas costas — coisas silenciosas e móveis que ela não conseguia ver — vozes sussurrantes em uma conspiração assustadora. Olhou em volta; de início ouviu barulhos estranhos, que lhe soaram cada vez mais insólitos, até que cada nervo seu ficasse trêmulo e teso, a ponto de fazê-la gritar ao mínimo toque. Ela recuou e correu de volta, choramingando feito uma criança, até reencontrar aquela viela estreita e a figura escura e calada da silhueta no alto. Ela parou e descansou; então caminhou muda em direção a ele, olhou-o timidamente. Ele nada disse ao acompanhá-la até o carro. Sua voz engasgou enquanto ela sussurrava:

"Isso... não".

E ele respondeu lentamente: "Não... isso, não".

Entraram no carro. Ela se debruçou no volante e soluçou, com soluços grandes, secos e palpitantes, enquanto se dirigiam à agência dos telégrafos no East Side, trocando o mundo da riqueza e da prosperidade pelo da pobreza e do trabalho. Naquele que ficava para trás havia morte e um silêncio grave e sombrio, quase cínico, mas sempre decente. Este mundo era abominável. Revestia-se de todas as formas tenebrosas de horror, luta, ódio e sofrimento. Tombava envolto em crime e miséria, ganância e luxúria. Era como a morte em todos os lugares, apenas em seu pavoroso e terrível silêncio.

No entanto, enquanto os dois, sozinhos e em fuga, olhavam para o horror do mundo, lenta e gradualmente a sensação de morte que a tudo envolvia os abandonou. Pareciam se mover em um mundo quieto e adormecido — não morto.

Moviam-se em calada mesura, para não acordar de modo algum essas formas dormentes que haviam, por fim, encontrado a paz. Moviam-se dentro de algum majestoso *Friedhof** mundial, acima do qual algum braço divino havia balançado sua vara de condão. Toda a natureza adormecia até que... até que, num estalo e com a mesma ideia chocante, olharam-se nos olhos — ele, pálido, e ela, ruborizada, com pensamentos não ditos. Para ambos, a visão de uma beleza poderosa — de coisas tácitas e vastas — inundou-lhes a alma, porém eles a afastaram.

Imensas e sombrias espirais de eletricidade, vindas da Terra e do Sol, penetravam naquele esconderijo de bruxarias. Reunidos, os relâmpagos do mundo se afunilavam aqui, atando com feixes de luz os confins da Terra. As portas se abriram para a escuridão. Ele parou na soleira.

"Você sabe o código?", ela perguntou.

"Eu sei o chamado de socorro. Nós o usávamos antigamente no banco."

* Cemitério, em alemão. (N. E.)

Ela mal escutou. Ouviu o bater das águas lá embaixo — águas escuras e agitadas — águas traiçoeiras, como eram chamadas. Ele deu um passo adiante. Lentamente, ela caminhou até a parede, onde a água abaixo era convidativa, e ali ficou esperando. Esperou um longo tempo, mas ele não veio. Até que, num sobressalto, viu-o, também, de pé junto às águas negras. Devagar, ele tirou o casaco e ficou ali calado. Ela caminhou rapidamente na direção dele e pousou a mão em seu braço. Ele não reagiu ou olhou. As águas batiam em um ritmo sedutor e mortal. Ele apontou para elas e disse com calma:

"O mundo jaz sob as águas agora. Posso ir?".

Ela olhou seu rosto devastado e exausto, e uma piedade tremenda tomou-lhe o coração. Respondeu com uma voz clara e tranquila: "Não".

Eles tornaram à vida uma vez mais, e ele assumiu a direção do carro. O mundo escurecia rumo ao crepúsculo, e uma imensa mortalha gris caía, misericordiosa e delicadamente, sobre os mortos adormecidos. O sinistro clarão da realidade parecia substituído pelo sonho de algum vasto romance. A garota recostou-se quieta, enquanto o motor roncava, e procurava semiconsciente pela rainha dos elfos a instilar vida outra vez neste mundo morto. Ela nem se deu conta da rapidez com que ele aprendera a dirigir seu carro. Parecia natural. E então, quando numa meia-volta entraram na Madison Square e na porta da Metropolitan Tower, ela deu um gritinho e seus olhos brilharam! Quiçá tivesse visto, mesmo, a rainha dos elfos?

O homem a conduziu até o elevador do edifício e eles subiram. No escritório do pai dela, pegaram tapetes e cadeiras, ele escreveu um bilhete e o deixou sobre a mesa. Então foram até o telhado e ele a acomodou confortavelmente. Ela descansou e mergulhou em uma sonolência de sonho, observando e imaginando os mundos além. Abaixo estavam as sombras escuras da cidade e mais ao longe o brilho do mar. Ela olhou tímida, enquanto ele lhe servia comida, apanhava um xale e a cobria, tocando-a com reverência, porém de forma terna. Ela o encarou com gratidão nos olhos, comendo o que ele lhe servira. Ele olhava a cidade. Ela o olhava. Parecia muito humano — muito próximo agora.

"Você teve que trabalhar duro?", ela perguntou com suavidade.

"Sempre", ele disse.

"Eu sempre fui à toa", ela disse. "Era rica."

"Eu era pobre", ele quase ecoou.

"A rica e o pobre unidos", ela começou, e ele concluiu:

"O Senhor é o criador de todos".

"Sim", ela disse devagar, "e como nossas distinções humanas parecem tolas agora", encarando a grande cidade morta que se estendia abaixo, nadando em sombras apagadas.

"Sim. Ontem, eu não era humano", ele disse.

Ela olhou para ele. "E o seu povo não era o meu", disse, "mas hoje...", fez uma pausa. Ele era um homem, nada mais. Mas, em um sentido mais amplo, era um cavalheiro. Sensível, gentil, nobre, tudo nele salvo as mãos e o rosto. No entanto, ontem...

"A morte nivela", ele resmungou.

"E revela", ela segredou delicadamente, pondo-

-se de pé, os olhos arregalados. Ele se virou e, depois de se atrapalhar um pouco, conseguiu lançar um sinalizador para o céu escuro. O projétil decolou, zuniu e subiu; um estreito caminho de luz, que, espalhando com força suas fagulhas, despencou sobre a cidade abaixo. Ela mal percebeu. Uma visão do mundo surgira diante dela. Lentamente, a poderosa profecia de seu destino a dominou por completo. Acima do passado morto pairava o Anjo da Anunciação. Ela não era uma mera mulher. Não era nem alta nem baixa, nem branca nem preta, nem rica nem pobre. Ela era a mulher primal; mãe poderosa de todos os homens do porvir e a Noiva da Vida. Ela olhou para o homem ao seu lado e esqueceu tudo o mais, exceto sua masculinidade, sua forte e vigorosa masculinidade — seu pesar e sacrifício. Ela o viu glorificado. Ele não era mais uma coisa à parte, uma criatura inferior, um pária, um estrangeiro, de outro sangue, mas a encarnação do Irmão Humanidade, Filho de Deus e o Pai-Total da raça futura.

Ele não percebeu a glória nos olhos dela; continuou contemplando ao largo o mar, e lançando sinalizador após sinalizador na escuridão sem resposta. Nuvens roxas se amontoavam em ondas no Oeste. Atrás e ao redor deles, os céus incandesciam em um esplendor sombrio e sobrenatural que impregnava o mundo apagado, quase uma música em tom menor. De repente, como se recolhida por alguma mão gigantesca, a imensa cortina de nuvens desapareceu. Perto da linha do horizonte restou uma enorme estrela branca — mística, maravilhosa. E dela subiu em linha reta, em direção ao polo — feito um descolorido véu nupcial —, uma faixa de luz pálida e larga que iluminou o mundo todo e ofuscou as estrelas.

O homem, em um silêncio fascinado, pasmou-se diante do firmamento e deixou cair no chão os sinalizadores. Memórias de memórias da vida revolvida nos cantos escuros de sua mente. Os grilhões pareciam chacoalhar e cair de sua alma. De dentro de sua classe indigna, destruída e servil, irrompeu a majestade única de reis há muito mortos. Ele ascendeu das sombras, alto, ereto e austero, com poder em seus olhos e cetros espectrais pairando ao seu alcance. Era como se algum poderoso faraó vivesse novamente, ou um líder assírio de cabelos crespos. Virou-se, olhou para a mulher e a encontrou olhando diretamente para ele.

Em silêncio, imóveis, viam-se cara a cara — olhos nos olhos. Suas almas despidas ao cair da noite. Não era luxúria. Não era amor — era algo maior, mais poderoso, que não carecia do toque do corpo, nem da excitação da alma. Era algo divino, extraordinário.

Lentamente, sem nenhum ruído, um se moveu em direção ao outro — no alto, o firmamento, os mares ao redor, a cidade sombria e morta aos seus pés. Ele agigantou-se das sombras de velu- do, vastas e escuras. Esguia e branca como uma pérola, ela reluziu sob as estrelas. Estendeu as mãos adornadas com joias. Ele ergueu os braços potentes, e exclamaram um para o outro, quase como uma só voz: "O mundo está morto".

"Vida longa a..."

"Bééé! Bééé!" Uma buzina e o som cortante de um motor ressoaram com nitidez no silêncio. Eles recuaram com um grito e se encararam com olhos vacilantes e abatidos, o sangue a ferver.

"Bééé! Bééé! Bééé! Bééé!", veio o barulho insano mais uma vez, e quase que partindo de seus pés um sinalizador resplandeceu no céu e espalhou suas fagulhas sobre eles. Ela cobriu os olhos com a mão e encolheu os ombros. Ele se abaixou e curvou-se, tateando cegamente ajoelhado no chão. Uma chama azul crepitou devagar depois de um tempo, e ela ouviu o zunir de um sinalizador voando em resposta.

Então eles pararam como a morte, olhando para os confins do outro lado da Terra.

"Crec — clac — crec!"

O barulho da engrenagem e o badalar de elevadores velozes disparando para cima fizeram a grande torre tremer. Uma babel de vozes murmurantes assaltou a noite. Por toda a cidade outrora morta, as luzes piscavam, tremeluziam e flamejavam; e então, com um súbito tinir de portas, a entrada da plataforma se encheu de homens, e um deles, de cabelos brancos esvoaçantes, correu até a garota e a ergueu junto ao peito. "Minha filha!", ele soluçou.

Atrás dele se apressava um homem jovem e bem apessoado, cuidadosamente vestido com um traje de piloto, que se curvou sobre a garota com solicitude apaixonada e olhou-lhe nos olhos fixamente, até que ela desviou o olhar, e seu rosto ruborizou.

"Julia", ele sussurrou, "minha querida, pensei que você tivesse partido para sempre."

Ela o encarou com olhos perscrutantes e curiosos.

"Fred", ela murmurou, algo vagamente, "o mundo... se foi?"

"Apenas Nova York", respondeu ele. "É terrível. Medonho! Você sabe... mas, e você, como escapou? Como aguentou esse horror? Está bem? Se machucou?"

"Não", ela disse.

"E este homem aqui?", ele perguntou, envolvendo-a com um braço e virando-se para o preto. De repente, ele enrijeceu e colocou a mão no quadril. "Ora!", ele rosnou. "É um crioulo, Julia! Ele te... ele ousou..."

Ela ergueu a cabeça e olhou seu companheiro com interesse, depois baixou os olhos com um suspiro.

"Ele ousou... tudo para me salvar", disse ela calma, "e eu sou muito grata." Contudo, ela não voltou a olhá-lo. Quando o casal se afastou, o pai tirou um maço de notas do bolso.

"Aqui, meu bom camarada", disse, enfiando o dinheiro nas mãos do homem, "pegue isso. Qual é o seu nome?"

"Jim Davis", veio a resposta, em uma voz vazia.

"Bom, Jim, obrigado. Sempre gostei do seu pessoal. Se você quiser um emprego algum dia, é só me chamar." E eles se foram.

Pessoas transbordavam dos elevadores no alto do prédio falando e sussurrando.

"Quem era?"

"Eles estão vivos?"

"Quantos?"

"Dois!"

"Quem foi salvo?"

"Uma moça branca e um crioulo... lá vai ela."

"Um crioulo? Onde ele está? Vamos linchar o maldito..."

"Cala a boca! Ele é um cara decente. Salvou ela."

"O diabo que salvou! Ele não tinha nada que..."

"Lá vem ele."

Sob o clarão das luzes elétricas, o homem de cor movia-se lentamente, com olhar sonâmbulo.

"Quem diria...", reclamou um espectador, "de toda Nova York, só uma moça branca e um crioulo!"

O homem de cor não ouvia. Ficou em silêncio sob a luz rutilante, encolhendo-se ao mirar fixamente o dinheiro em uma das mãos. Devagar, ele colocou a outra mão no bolso, tirou uma touca de bebê feita de um tecido delicado e encarou-a. Uma mulher subiu na plataforma e olhou em volta protegendo a vista da luz. Ela era negra, miúda, exausta da lida, e em um dos braços carregava o cadáver de um bebê negro. A multidão se apartou e seus olhos pousaram no homem de cor. Com um grito ela cambaleou em direção a ele.

"Jim!"

Ele se virou e, soluçando de alegria, envolveu-a nos braços.

O fim da supremacia branca

ELE OBSERVA O TURBILHÃO HUMANO que se move com determinação pela Broadway, empoleirado no topo da escada. Clientes e empregados do banco passam roçando nele, que hesita perto da entrada. Um aceno, um olhar de reconhecimento, um oi seco e a admissão relutante de que ele existe não são animadores. A rua ferve de gente. Ninguém que o olhasse casualmente diria algo como "figura imponente", nem perderia um momento sequer se perguntando sobre a posição dele no banco; palavras como *desocupado*, *relaxado*, *indomado* ou *servil* resvalam nas beiradas turvas da consciência, latentes e sem plena ciência nem deliberação do pensamento, pois a maioria dos homens que anda apressada pelas ruas do centro financeiro raramente o percebe. "Poucos o notavam. E, quando o faziam, era de um modo hostil. Ele estava fora do mundo, 'um nada!'" Quando os olhos dos homens pousam nele, ele os sente como uma lâmina na pele, e seu corpo se encolhe diante do ataque, antecipando o local do golpe, recuando antes do chute. Sua carne se tornou um sensor. Seus músculos estão tensos.[1] A distância entre o patamar e a calçada não é grande, mas ainda assim ele habita um mundo, enquanto os homens brancos, em seus ternos e gravatas, se adiantando e andando animados pelas ruas, existem em outro. Não, é mais como se eles estivessem no mundo e ele fosse banido. (Agora não é a hora de explicar por que é assim, ou de apresentar um esboço biográfico de um mensageiro negro em Nova York, ou uma teoria geral de como o africano se tornou um cativo e em seguida uma mercadoria, ou de detalhar as formas de servidão que recrutam vidas negras, ou de oferecer um quadro local, ou de explicar por que o banco é o limiar para o tudo e o nada que é o negro, a peça da Índia,* o cativo, a propriedade ambulante — que são as variantes de sua desapropriação. Seria prematuro fornecer os motivos ou defender argumentos sobre tais assuntos antes que o contexto da história seja propriamente estabelecido, seu autor creditado, os personagens nomeados, a cena montada e a trama posta em movimento; e haveria o risco de declarar o óbvio: ele não está em casa no mundo. Eu poderia elaborar e fornecer elementos adicionais, como: ele surge apequenado diante do pano de fundo do grande edifício, diminuído pela solidez e pelo volume da estrutura de granito e pela moldura das enormes colunas dóricas, mas esses detalhes não são fornecidos na história, então os degraus poderiam facilmente ser de concreto e o banco poderia não ter colunas, e nesse caso as portas de mogno da entrada teriam de ser suficientes para invocar a majestade do capital e do império. Os Atos de Navegação, os acordos comerciais internacionais, o tráfico

* Unidade utilizada para contabilizar pessoas escravizadas no período colonial. (N. T.)

de escravizados, o seguro marítimo, as vidas e as terras roubadas para a extração do mogno, para a derrubada das árvores, para transportá-las até a Europa e a América do Norte e fabricar portas, tudo isso estava por trás da beleza daquela madeira escura e de seus metais de cobre polidos.)[2]

＊

O nome dele é inexpressivo e genérico o suficiente para ser um pseudônimo ou um apelido, um homônimo para indivíduo, o possessivo masculino que se estende até mesmo para os despossuídos, um nome que faz de você um completo ninguém; é também um nome carregado de significado por causa da viagem de barco de outro Jim pelo Mississippi,* na tentativa de alcançar a liberdade, mas que toma a direção errada, toda direção é a direção errada, cada caminho frustra e está

---

* Referência ao personagem do romance *As aventuras de Huckleberry Finn* (1884), de Mark Twain. (N. E.)

sujeito à traição, de forma que, mesmo durante a fuga, mesmo enquanto está sendo carregado pelas correntes do rio, mesmo quando ele ainda tem tantos rios para cruzar, o fugitivo não pode se esquivar da condenação permanentemente afixada em seu nome como um título cruel, uma saudação brutal. *Crioulo Jim. Jim Crow. Jim Corvo.* * Um nome encontrado nas cartilhas dos primeiros anos escolares e nas cantigas infantis: *Jim, Fim, Ruim*. Como seus xarás, ele também enfrenta uma existência fadada à violência, sujeitada ao insulto e à injúria, sobrevivendo um dia após o outro sob a ameaça da morte. É difícil esquecer todos aqueles que estão ávidos pelo seu fim, à espera de seu desaparecimento, obcecados por negar a ele o direito de existir, ainda que nesse estado inferior. (Agora não é a hora de narrar a história ou descrever o conjunto de circunstâncias que produziu essa

---

* Referência às leis que legitimaram a segregação racial nos Estados Unidos do final do século 19 até meados dos anos 1960. Conhecidas como Jim Crow, ganharam esse nome a partir do costume racista de nomear pessoas escravizadas assim, comparando-as a corvos. (N. T.)

negação ou de introduzir termos desprovidos de musicalidade: acumulação [originária, primitiva ou recorrente], fungibilidade, alienação natal, ausência de parentesco; ou de retratar as forças que o desembarcaram nos degraus do banco localizado no distrito financeiro, o coração predatório da cidade, e o relegaram às profundezas mais fundas, como um nada, um ninguém; ou de revelar que, preso nos degraus dessa catedral do capitalismo, como numa encruzilhada entre ser um homem e não ser nada, *ele estivesse a ponto de chorar.*)[3]

✳

"Você olha pra mim, mas não me vê. E se me visse, não se importaria."[4]

✳

Falei muito e acabei me afastando demais dele, tenso e ansioso numa manhã que chegava ao fim, observando o mundo da esquina da Wall Street com a Broadway, a apenas algumas quadras de um dos primeiros mercados de escravizados de Nova Amsterdã; desviei do drama em particular que vai se desenrolar no decorrer do dia, quando o desastre cria uma abertura ou nivelamento que poderia deixá-lo respirar em sua própria pele e libertar-se da prisão do nada e da condenação da negritude.[5] Pouco antes do meio-dia, a destruição do mundo lhe concederá a chance de ser um humano como outros homens. O brilho estranho e a música em tom menor produzidos pelo colapso da ordem, pela catástrofe, vão oferecer a promessa da vida negra incontestável.

✳

"O cometa..."

Todo mundo comentava. Até o presidente, ao entrar, sorriu condescendente para ele e perguntou:

"Então, Jim, você está com medo?".

"Não", disse lacônico o mensageiro.

"Achei que já tivéssemos viajado na cauda do cometa uma vez", interrompeu afável o jovem escriturário.

"Ah, era o Halley", disse o presidente, "este cometa é novo, bem desconhecido, dizem — maravilhoso, maravilhoso! Eu o vi na noite passada. Ah, a propósito, Jim", ele disse, voltando-se de novo para o mensageiro, "quero que você desça até as câmaras subterrâneas hoje."

O mensageiro seguiu o presidente em silêncio. Claro que queriam que *ele* descesse até o subterrâneo. Era perigoso demais para homens mais valiosos.

Enquanto ele desce até o subsolo, a escuridão cavernosa da câmara secreta o engole. Ele encontra os dois volumes de registros que buscava e descobre um baú de ferro de pelo menos cem anos todo enferrujado. Abrindo o cadeado à força, ele se depara com o brilho opaco do ouro. Os registros perdidos do banco e seus saques secretos, o ouro trancafiado e esquecido, descobertos por um homem sem valor, fornecem uma precisa alegoria do capitalismo e da escravidão. A cripta ancora os segredos, as informações reprováveis e os volumes perdidos sobre os quais repousa o grande edifício financeiro, a mesma história que relegou Jim às entranhas da Terra.

O ouro encontrado naquele covil fétido, cheio de limo e habitado apenas por ratos não é a encenação de uma história de caça ao tesouro, ou um conto sobre o destino de um homem transformado pelo enriquecimento; esse quadro do porão, dos registros perdidos, do ouro e do negro é uma cena originária da gênese da modernidade. Nesse lugar profundo, a escravidão é a base temática,[6] embora não seja explicitamente mencionada. Detido pelo capital, por assim dizer, ele confronta-se com suas origens e é alfinetado pela consciência, uma enigmática sensação de duplicação ou equivalência entre o ouro no baú e o negro dentro do cofre, um estado que uma filósofa descreveu como *pieza framework*, a consciência de existir como uma coisa, como uma commodity, um índice de valor (e a recusa em aceitar isso).[7]

Cabum! A pesada porta de pedra da câmara secreta se fecha de repente, prendendo-o lá dentro. E "depois do que pareceram horas intermináveis" ele consegue abrir a porta à força e escapar. Emergindo do subsolo para o andar dos homens de valor e dos trabalhadores qualificados, ele encontra os corpos do tesoureiro, dos guardas, dos caixas, dos contadores e ainda o presidente tombado em cima de sua mesa. "Então, um novo pensamento se apossou dele: e se o encontrassem aqui sozinho — com todo esse dinheiro e todos esses homens mortos —, quanto valeria sua vida?" Menos que nada. Não importava que não tivesse feito nada; sua existência faz dele culpado, e para piorar as coisas, ele está vivo e os homens brancos estão mortos. Quando sai pela porta lateral do banco, furtivamente, com medo de ser culpado pela carnificina, ele vê a morte por todos os lados, em Wall Street, na Broadway. É meio-dia, mas o mundo está absolutamente imóvel.

O corpo de um menino vendedor de jornais está caído na sarjeta. Em sua mão fechada, a edição do meio-dia alerta tarde demais sobre a devastação. Um cometa passou pela atmosfera da Terra, soltando gases venenosos que mataram toda a população de Nova York. O mundo está morto.

✱

A história aqui recontada é "O cometa", de W. E. B. Du Bois, uma ficção especulativa sobre o fim do mundo escrita depois da pandemia de 1918, após o Verão Vermelho* de 1919 e no contexto de expansão e de atrocidades coloniais. Nesse clima, Du Bois escreveu *Darkwater*, publicado em 1920, um século atrás, e ainda assim presciente. "O cometa" é o penúltimo capítulo do livro. A obra reúne histórias, ensaios, poemas, orações, canções, parábolas e louvores, e é um inventário da violência (que estuda a branquitude, os linchamentos, a servidão, as guerras imperiais, a condenação

---

* Verão Vermelho é como ficou conhecido o período entre o final do inverno e o início do outono de 1919 em que supremacistas brancos praticaram uma série de atentados terroristas e linchamentos contra a população negra dos Estados Unidos. Houve também revoltas populares e protestos pacíficos contra a violência racial. (N. E.)

das mulheres negras, o colonialismo e a predação capitalista, bem como a beleza, o acaso, a morte e o sublime). O tom da coletânea oscila entre a raiva e o desespero; alguns até podem descrevê-la como uma das gêneses do afropessimismo, mas seu humor é mais trágico; seus momentos brilhantes são coloridos por um desejo de interrupção messiânica daquilo que é dado, alimentado por uma visão do fim do mundo, acolhendo o presente do acaso e da sorte e abraçando a beleza da morte. O que mais se pode esperar depois de décadas de terror e desapontamento? Depois que mulheres, crianças e homens negros foram assassinados, linchados, mutilados e queimados vivos nas ruas de East St. Louis, em Illinois, depois que, numa tarde de julho, quatro meninos em uma jangada no lago Michigan foram parar em "águas exclusivas para brancos" e acabaram provocando a ira e a retaliação de camaradas brancos, rapidamente transformados em uma turba voraz que matou um dos meninos e saiu em missão de matar, mutilar e ferir qualquer negro que cruzasse seu caminho. *Darkwater* é um *registro vermelho*[8] da branquitude moderna do século 20, uma crônica da república dos colonizadores e sua rotina de violência, um atlas de "um mundo em chamas", uma litania aos escravizados e nativos explorados e mortos pelos senhores europeus e do Novo Mundo.

A pandemia de gripe de 1918 não aparece nesse inventário. Talvez porque micróbios tenham parecido benignos quando comparados ao derramamento de sangue do Verão Vermelho. Ou porque a cada ano, entre 1906 e 1920, os moradores negros das cidades tenham experimentado uma taxa de mortalidade equivalente ao número de pessoas brancas mortas no pico da pandemia.[9] Quando a gripe espanhola chegou, as pessoas negras simplesmente começaram a morrer em números ainda maiores, mas elas estavam enfrentando uma pandemia que durava mais de uma década. Du Bois resistiu ao impulso de comparar as taxas de mortalidade ou de construir um gráfico desse cenário porque era tudo muito óbvio. Ele sabia que os fatos relacionados à negritude, as estatísticas, as equações matemáticas e os cálculos de probabilidade não trariam nenhuma mudança.[10] As pessoas negras tinham sido autorizadas a morrer em grandes quantidades sem que uma crise jamais fosse declarada.

Em meio à pandemia, Du Bois ainda estava pensando na violência da turba, em East St. Louis, em Brooks e Lowndes County, na Geórgia, e naquilo que o artigo de Walter White, publicado na revista *The Crisis* (em setembro de 1918), descreveu como "o holocausto dos linchamentos". Os assassinatos dos homens eram muito brutais, mas o que a multidão fez com Mary Turner foi tão revoltante e apresentava detalhes tão horríveis que, enquanto editor, Du Bois relutou em divulgá-los. Mary Turner ousou dizer que o assassinato de vários homens, incluindo seu marido, tinha sido injusto e que ela denunciaria as pessoas que participaram da turba que havia linchado seu marido e conseguiria mandados expedidos contra elas. Ela foi pendurada em uma árvore perto da ponte sobre o Little River. Então a embeberam em diesel e gasolina e puseram fogo. "Ainda viva, uma faca, evidentemente uma daquelas usadas para abater porcos, abriu seu abdômen, e um nascituro caiu de seu útero até o chão. O bebê prematuro chorou debilmente duas vezes e então teve a cabeça esmagada pelo salto do sapato de um membro da multidão. Centenas de balas foram então disparadas contra o corpo da mulher, agora misericordiosamente morta, e o trabalho estava feito." Du Bois acreditava na importância de contar esse tipo de história. Em retrospecto, ele explicaria essa convicção (a crença de que argumentos inteligentes e juízos razoáveis poderiam derrotar o racismo) como uma consequência de não ter lido a psicanálise. Ele "não era freudiano o suficiente para entender como as ações humanas são muito pouco baseadas na razão"[11] ou para apreender o profundo investimento psíquico empregado no racismo, algo que outros desde então descreveram como a economia libidinal de um mundo antinegro.[12] Ele presumia que "a maioria dos estadunidenses se apressaria em defesa da democracia" se percebesse que o racismo ameaçava a democracia não só para as pessoas negras, mas para as brancas também, "não apenas nos Estados Unidos, mas no mundo".

Enquanto o pessimismo quase não pedia justificativa nesse ambiente, Du Bois se esforçava para imaginar de que forma o mundo poderia ser reconstruído, de que forma seria possível nutrir "uma esperança não impossível, mas inviável".[13] "O cometa" é uma ficção especulativa e uma sátira da democracia falida. O conto vislumbra a dissolução da fronteira da cor e com ela a distribuição de vida e morte, a violência gratuita e a "propensão para o assassinato sem nenhuma razão".[14] Catástrofes ambientais[15] produzem esse tipo de transformação radical. O paradoxo é que a extinção humana fornece a resposta e o corretivo para o projeto moderno da branquitude, que Du Bois define como "a posse da terra para todo o sempre", a reivindicação de posse do próprio universo. O jugo da supremacia branca parece tão invencível e tão eterno que só encontraria uma derrota garantida no fim do mundo, na morte do homem. Nem a guerra nem os direitos foram bem-sucedidos em devolver ao escravizado a condição de humano ou em erradicar o racismo. Na esteira do desastre, ao mensageiro, o último homem negro da Terra, será permitido viver como um ser humano pela primeira vez em sua vida. "Estou vivo, estou vivo", ele poderia gritar nas ruas de Manhattan, sem medo de punições ou represálias. Ele está vivo porque o mundo está morto.

No mundo arruinado, ele experimenta um estado de liberdade de que jamais desfrutou. Nas ruínas da metrópole, pode entrar em um restaurante caro que teria se recusado a atendê-lo ou a qualquer outro negro. O restaurante não o teria servido ontem, mas a brecha entre o velho mundo e o agora oferece novas oportunidades. Pela primeira vez, ele anda pela cidade sem a expectativa de violências ou insultos. Não há nenhum cidadão ou policial brancos para controlar ou prender seus movimentos. Não há nenhum outro para negar ou conferir reconhecimento, embora seja difícil para ele se livrar da sensação de que alguém o está observando. Em uma busca exaustiva em Lower Manhattan, ele falha em encontrar outros sobreviventes. Trata-se de uma extinção em massa: "por toda parte curvavam-se, vergavam-se e estiravam-se as formas silenciosas dos homens".

É difícil acreditar que todos estão mortos. "Não havia ninguém — ninguém —, ele não ousava pensar naquilo e apressava-se. Subitamente estacou. Tinha esquecido. Meu Deus! Como poderia ter esquecido?"

Não fica claro quem ou o que ele esqueceu. Uma amante, sua mãe, a esposa? Ele se lembra delas tardiamente. Seriam elas secundárias? Ou esse descuido ou negligência seria o sintoma de uma situação mais ampla de parentesco ferido e da precariedade da vida social negra, e não o sinal de alguma falta de sentimento? Só depois de aceitar que ninguém mais está vivo na cidade é que ele se lembra daqueles sem nome, daqueles suspensos entre todos e ninguém. É improvável encontrar os esquecidos, mas de qualquer forma ele se apressa em direção ao norte.

✳

A caminho do Harlem, ele ouve um chamado alto e discerne uma "coisa viva" debruçada na janela de um prédio na rua Setenta e Dois.

"Ei... ei... socorro, em nome de Deus!"

Abrindo caminho pelos corpos que impediam qualquer saída ou fuga, ele entra no edifício. Outro sobrevivente. Num primeiro momento, tudo o que registra é uma forma viva, matéria animada. A extinção derrubou a ordem vertical "humano, nem tão humano, não humano"[16] e eliminou o abismo entre o soberano e o fungível. Por um momento, a única distinção que importa é aquela entre os vivos e os mortos, um abismo não mais assegurado pela raça. No fim do mundo, a negritude consta como vida e o negro, como humano.

Um indulto temporário.

"Ela não tinha notado que ele era um preto. Ele não pensara nela como branca."

Então ela não consegue deixar passar, não pode deixar de notar a pele escura e as mãos ásperas de trabalhador.

"Não que ele não fosse humano, mas habitava um mundo tão distante do dela, tão infinitamente distante, que raramente fazia parte de seus pensamentos."

Olhando para o homem negro que a salva do completo abandono na cidade destruída, ela pensa na peculiaridade da situação — estranhamente, um homem negro é seu salvador.

"Ele não parecia os outros homens, os homens como ela sempre imaginou." Ele era alguma coisa a mais do que um desconhecido.

O monólogo interno dela empresta a linguagem de "As almas do povo branco", um ensaio sobre a filosofia do mundo branco no qual Du Bois escreve: "A cultura branca está aprimorando a teoria de que os 'negrinhos' nasceram para ser bestas de carga para os brancos.... Eles não são 'homens' no mesmo sentido em que os europeus são".

Ele não pode deixar de notar que ela é branca e uma mulher "particularmente bela e vestida com requinte, de cabelos louros e joias. Ontem, ele pensou com amargura, ela mal o teria olhado. Ele não passaria de um punhado de sujeira sob seus pés sedosos".

✳

"Eu quero ser um homem, nada mais que um homem."[17]

✳

Quando chega no Harlem, depois de uma refeição "furtada" de um restaurante caro, depois de vagar pela cidade abandonada à procura de sobreviventes, depois de finalmente se lembrar de todos que ele quase esqueceu, depois de resgatar uma forma viva, uma branca desconhecida e encantadora, e chegando com ela a reboque, é tarde demais para resgatar qualquer outra pessoa. A rua Cento e Trinta e Cinco está morta como as ruas de qualquer outra parte da cidade.

Ele a deixa no carro e volta depressa.

"Você perdeu alguém?".

"Eu perdi todo mundo", ele disse, sem mais, "a menos que..."

Saiu correndo novamente e demorou vários minutos — horas, pareceu a ela.

"Todo mundo", repetiu, e voltou devagar segurando algo enrolado, que enfiou no bolso.

Ele se desculpa por tê-la arrastado até o Harlem, por ter levado um tempo procurando todos, antes de sair à procura do pai e do noivo dela. "Receio que eu tenha sido egoísta", ele murmura. Eles se dirigem para o centro. E encontram a mesma coisa em todos os lugares — silêncio e morte.

Quando chegam à Metropolitan Tower, o pai dela, J. B. H. — as iniciais estão gravadas em seus papéis —, e o noivo, Fred, não estão em seus gabinetes. Tudo o que Julia encontra é um bilhete: "Fui dar um passeio no Mercedes novo do Fred. Não devo voltar antes do jantar. Convidei Fred". O mundo dela é um mundo com nomes adequados e relações legíveis. Ela teme que o pai e o noivo estejam mortos. Pela primeira vez, Julia percebe a gravidade de sua situação; ela está sozinha no mundo com um negro desconhecido. "Um pária por seu sangue e sua cultura — desconhecido, talvez indecifrável. Era terrível! (...) Ele não deveria vê-la novamente. Quem saberia, que pensamentos horríveis..." O que ele poderia fazer? Antecipando a coisa horrível, ela foge dele para a segurança das ruas repletas de corpos mortos. O fedor e a destruição do mundo são demais para suportar sozinha, então ela volta para ele, o único outro sobrevivente.

As primeiras palavras dela são: "Isso... não".

Uma acusação e um apelo.

Ele responde devagar e enfaticamente: "Não... isso, não".

✳

Em pleno fim do mundo, ela o teme mais que o desconhecido.

Ela recua, tremendo. "Não toque em mim. Não toque em mim."

"Tudo bem. Mas que engraçado", ele responde. "Talvez nós dois sejamos as duas únicas pessoas que restaram no mundo, e tudo o que você consegue dizer é 'não toque em mim'."

"Estou com medo", ela diz.

"Estou vendo. Não se preocupe, não vou tocar em você."[18]

Mais tarde, quando ela deseja que ele a toque, ele recusará, receoso de que o mundo possa ser restaurado.

✳

O casal improvável perambula em sua busca pela cidade por horas, mas não encontra ninguém. Eles gritam por ajuda, enviam mensagens por telégrafo e em código morse; disparam sinalizadores, mas ninguém responde. Nesse estado de abandono, à noite, eles se abrigam no alto da Metropolitan Tower. A quietude da cidade é palpável. Os únicos sons vêm das "águas escuras e agitadas" que cercam a ilha. "As águas batiam em um ritmo sedutor e mortal." Ele pensa: *seria fácil morrer*. E pergunta em voz baixa: "O mundo jaz sob as águas agora. Posso ir?".

"Não", Julia responde num tom nítido e calmo. Ela o mantém no mundo. Juntos, "eles tornaram à vida uma vez mais".

O mundo escurecia rumo ao crepúsculo (...) O sinistro clarão da realidade parecia substituído pelo sonho de algum vasto romance.

"E como nossas distinções humanas parecem tolas agora", ela disse devagar, encarando a grande cidade morta que se estendia abaixo (...).

"Sim. Ontem, eu não era humano", ele disse.

Ela olhou para ele. "E o seu povo não era o meu", ela disse; "mas hoje..." (...)

"A morte nivela", ele resmungou.

"E revela", ela segredou delicadamente, pondo-se de pé, os olhos arregalados.

Uma visão do mundo se erguera diante dela. É a visão do mundo que está por vir.

Ela não era uma mera mulher. (...) Ela era a mulher primal; mãe poderosa de todos os homens do porvir e a Noiva da Vida. Ela olhou para o homem ao seu lado e esqueceu tudo o mais, exceto sua masculinidade, sua forte e vigorosa masculinidade — seu pesar e sacrifício. Ela o viu glorificado.

Ele também se transforma, não mais vinculado ao peso de sua casta. O fim do mundo o libertou. "Os grilhões pareciam chacoalhar e cair de sua alma." No cemitério do mundo:

> Suas almas despidas ao cair da noite. Não era luxúria. Não era amor — era algo maior, mais poderoso (...) Atrás e ao redor deles, os céus incandesciam em um esplendor sombrio e sobrenatural que impregnava o mundo apagado, quase uma música em tom menor.

*

A música em tom menor, o eco sonoro da Terra liberta da ordem dos homens, ressonam na cidade arrasada, anunciando esse novo estado relacional inaugurado pelo apocalipse, um estado em que a negritude não é mais relegada ao nada e à morte.

A catástrofe produz esse vasto romance, como se a ruína fosse o pré-requisito para o amor inter-racial, como se o cerco da negritude só pudesse ser rompido e sua casta abolida com a destruição do mundo. Seria a abolição um sinônimo de amor?

✳

"Lentamente, sem nenhum ruído, um se moveu em direção ao outro (...) e exclamaram um para o outro, quase como uma só voz: 'O mundo está morto'." Essas palavras são um presságio dotado de uma promessa ainda maior que um *eu te amo*. Antes que possam repetir a beleza da frase *o mundo está morto*, ou se deleitar com essa morte e a promessa de um mundo ainda por vir, ou exclamar "somos todos humanos ou não somos nada em nossa miséria compartilhada", eles são interrompidos pela buzina de um automóvel que abafa os tons menores, o cantarolar e os murmúrios de uma Terra sem o homem. "Bééé! Bééé! Bééé! Bééé!", o *grito insano do mundo*.

A cidade morta foi despertada, e os homens brancos voltaram, incluindo o pai de Julia e seu amado. "Minha filha!", o pai dela soluça. Fred, o noivo, sussurra: "Julia, minha querida, pensei que você tivesse partido para sempre". "Está bem? Se machucou?" Virando-se para Jim, ele rosna: "É um crioulo, Julia! Ele te... ele ousou...". Jim é recolocado em seu lugar, na zona do não ser, na negação do *crioulo*.

"'Ele ousou... tudo para me salvar', disse ela calma, 'e eu... sou muito... grata.'" Julia diz essas palavras sem olhar para o homem negro ao seu lado. "Contudo, ela não voltou a olhá-lo", então assumimos que nunca mais vai voltar a olhar. O retorno do mundo destruiu qualquer vislumbre do amor inter-racial; Jim não é mais glorificado, mas para sempre tachado como um homem de menor valor.

✳

"... Eles nunca deixam de falar do homem, mas matam homens seja lá onde os encontrem."[19]

✳

Uma multidão de homens brancos sai dos elevadores e se posiciona no telhado, ansiosa por ver os únicos sobreviventes de Nova York.

"Quem foi salvo?"
"Uma moça branca e um crioulo... lá vai ela."
"Um crioulo? Onde ele está? Vamos linchar o maldito..."
"Cala a boca! Ele é um cara decente. Salvou ela."
"O diabo que salvou! Ele não tinha nada que..."
(...) "De toda Nova York, só uma moça branca e um crioulo!"

Cravado no olhar deles e dissecado pelo brilho intenso do ódio branco e das luzes elétricas, ele perfaz uma figura encolhida e atordoada. A palavra *crioulo* é repetida para tornar visceral a violência que acompanha a restauração do mundo, para lembrá-lo do ódio que é seu substrato. O relógio foi atrasado, e mais uma vez ele é barrado do humano. Ele fica em silêncio sob o brilho da luz, com os olhos indiferentes e cegos de um sonâmbulo e destruído pela doce experiência daquilo que *poderia ter sido*. Ele não ouve nada. Do bolso, tira um gorro de bebê.

*

Uma mulher "negra, miúda, exausta da lida" abre caminho pela aglomeração com o cadáver de um bebê negro nos braços. São eles que Jim havia procurado na rua Cento e Trinta e Cinco e presumiu mortos. Ninguém parece curioso em saber como ela conseguiu vir do Harlem até o coração financeiro da cidade. A questão de sua sobrevivência não é motivo de preocupação nem de admiração. Ela não é bonita nem bem-vestida, só eficiente. Uma mulher negra exausta é uma figura familiar, uma serva conscrita para cuidar de todos. Ela chega no alto do prédio na hora que a turba branca está deliberando sobre o destino dele. Ela é uma mulher marcada, mas eles não a chamam de rainha nem de vadia. Abrem espaço para que ela passe sem ser molestada. Ele não a chama pelo nome. Por um momento, ela o resgata daqueles olhares rudes. "Com um grito ela cambaleou em direção a ele." Então grita seu nome. "'Jim!' Ele se virou e, soluçando de alegria, envolveu-a nos braços."Ele solta um soluço no lugar do nome dela, como se o choro fosse melhor que um nome, tão bom quanto qualquer promessa de amor.

Para a surpresa dele, ela está ali, ainda apaixonada. E "com um grito ela cambaleou em direção a ele. Ele se virou e, soluçando de alegria, envolveu-a nos braços". O enredo inteiro da relação deles está confinado a essas poucas linhas no fim da história. Um desfecho fácil para um conto distópico? De forma alguma. O cadáver-bebê coloca em dúvida qualquer esperança de futuro, uma vez que a linha genealógica termina de modo abrupto e prematuro nos braços dela, a criança morta atenua a visão daquilo que poderia ser, priva-os de procriação e legado, sugere a falha dela em nutrir e proteger. Que tipo de mãe não é capaz de salvar seu bebê? Essas últimas linhas perturbadoras não fornecem nenhuma ideia de encerramento ou desfecho, embora ofereçam o vislumbre de uma relação no rastro da devastação.

Um soluço lhe escapa dos lábios quando a vê, mas ele não chama o nome dela, talvez porque o símbolo de quem são ou de quem falham em ser pese mais que qualquer diferença ou particularidade; ou então eles seguem emboscados em uma peça moral sobre a família negra, capturados em uma espiral recursiva que condena qualquer possibilidade de final feliz. Ele não diz as palavras "irmã" ou "esposa"; ele não sussurra "amor, eu pensei...", nem beija a testa do infante morto. Ela é a mãe da criança. Quem mais poderia atravessar a cidade com uma criança morta nos braços? Contudo, as relações ou filiações nunca são elucidadas ou explicadas em termos exatos, como se esse tipo de intimidade carecesse de termos adequados. Talvez eles preferissem dessa forma, sem ser capturados nem explicados pelo léxico comum. O corpo da criança — os restos de um futuro eclipsado — evidencia aquilo que relutamos em reconhecer: nem eles nem seus filhos podem viver como os outros vivem. Essa boa relação com a morte, essa vida na morte, desafia qualquer certeza do engrandecimento da vida e de sua distinção ou separação da morte.[20] No entanto, e ainda assim, há um soluço de alegria e o abraço de uma mulher cansada e de um trabalhador de aparência rude com um bebê morto aninhado entre eles. É claro, a eles é negado o "vasto romance" do amor inter-racial, que promete um novo conjunto de disposições, uma nova raça de seres humanos. Lindas melodias em tons menores não mais ressoam na paisagem urbana, há apenas o silêncio das luzes brancas incandescentes e os resmungos de homens raivosos.

✳

Ele soluça e os dois se abraçam. Uma frágil rede de amor e vínculo conecta as três figuras, uma condição evidente nas formas de tratamento implícitas ou omitidas. Mesmo que ele seja o pai, o bebê morto nos braços dela lança em uma crise irremediável a capacidade de produzir novas gerações, para não falar de um futuro que eles possam assegurar. Isso demarca inexoravelmente o caráter de sua intimidade e de sua fragilidade. Eles vão tentar recomeçar a vida, juntar o que restou, bolar um plano de sobrevivência e tentar continuar diante de tudo o que foi perdido. Como eles vão reconstruir uma vida na cidade devastada? A restauração do mundo parece confirmar a impossibilidade de futuros negros, o caráter inescapável do parentesco ferido e da maternidade negada. O que é possível para a mulher exaurida e para o seu companheiro? Não um legado, com certeza. Nem ela nem sua criança morta podem prometer isso.

✳

"Eles devem ir embora ou ficar? Ela contempla outros horizontes."[21]

＊

Um século depois, a cena se repetirá. Quando a pandemia tomar a cidade, eles vão morrer em maior número, vão sofrer mais. Quando a turba chegar, eles vão ser tão corajosos quanto Mary Turner e vão gritar os nomes dos seus assassinos. Não vão ceder; não vão sair do lugar. Nessa outra variante, a questão não é menos urgente: como o amor é possível para os despossuídos de futuro, que vivem sob a ameaça da morte? Seria o amor um sinônimo de abolição? Em um Impala turquesa, eles vão da Louisiana até a Flórida, esperando em algum momento chegar em Cuba, um lugar onde podem escapar da morte que os espera e da condição de propriedade do Departamento de Correções de Ohio, de escravos do Estado. Uma canção de amor paira no carro. Fugitivos, correndo mais de mil quilômetros para encontrar a liberdade, a toda velocidade por um caminho sem fim, colidindo um com o outro, ele pergunta o que ela quer. Ela diz: "Eu quero um cara que me mostre pra mim mesma. Quero que ele me ame tanto que eu não tenha medo de mostrar pra ele o quanto posso ser feia". Ela pergunta o que ele quer. "Quero alguém que me ame não importa o que aconteça. Alguém que segure minha mão e não solte. Ela vai ser meu legado. Olha, eu não vou mudar o mundo."[22] *A milion days in your arms* [um milhão de dias em seus braços]* ecoa ao fundo enquanto eles discutem sobre o estilo de Luther Vandross no início e no final da carreira. O final esperado e trágico só serve para reforçar a lição de "O cometa" — o amor deles não tem legado. Esse amor não vai derrotar o mundo, não os tornará imortais ou os protegerá da violência gratuita, nem poupará as crianças, mas eles são gratos ao amor. De todas as coisas que ele torna possíveis: olhos que enxergam você, alguém que segure sua mão até o fim, que adore até mesmo a sua feiura, que te beije milhares de vezes, que te apoie mesmo quando você estiver *daquele jeito*, que faça tudo pelo seu filho, que até empunhe uma faca por amor, que arrisque tudo pela última dança, que troque votos mesmo que não haja a menor chance de

---

* Trecho da canção "Never Too Much" (1981), de Luther Vandross, que compõe a trilha sonora de *Queen & Slim*. (N. T.)

vocês ficarem juntos, que veja o paraíso nos olhos dela, que carregue uma criança morta pela cidade devastada à procura dele, que se acabe de saudades dela, que não queira mais ninguém para amar, a única coisa que esse amor não é capaz de fazer é conferir um legado ou garantir um futuro. *Seu amor é tudo de que eu preciso* — uma mentira bonita, um refrão necessário que ajuda a sobreviver no meio-tempo, a experimentar uma tragédia depois da outra, a suportar outra cena de luto, como se o "nosso amor" fosse uma fortaleza, sempre suficiente.

O trio no telhado da Metropolitan Tower não vai produzir uma nova raça de homens e o casal em fuga morto no asfalto não vai viver um estado de liberdade nem completar sua jornada até Cuba. Ainda assim, presos no cemitério do mundo e destituídos de qualquer futuro com que possam contar, eles se apoiam, soluçam de alegria, nunca soltam as mãos um do outro, mostram suas cicatrizes, se abraçam na queda, ouvem a infinita playlist de amor num mundo em que a vida negra é tudo menos impossível.

W. E. B. DU BOIS nasceu em Massachusetts, Estados Unidos, em 1868, e morreu em Acra, Gana, em 1963. Um dos intelectuais mais influentes de seu tempo, foi sociólogo, historiador, ficcionista, poeta e editor. Formou-se em 1888 pela Universidade Fisk e recebeu um segundo diploma por Harvard em 1890. Depois de dois anos de estudo na Universidade de Berlim, concluiu seu doutorado em Harvard em 1895. Autor de mais de vinte livros, entre eles *As almas do povo negro* e *Darkwater*, Du Bois foi também um importante ativista pela igualdade racial, tendo participado de movimentos como o pan-africanismo, a Renascença do Harlem, o New Negro e o Niagara Movement.

SAIDIYA HARTMAN vive em Nova York, onde leciona na Universidade Columbia. É autora de diversos livros, entre eles *Vidas rebeldes, belos experimentos* (Fósforo), vencedor do National Book Critics Circle Award, *Cenas da sujeição: terror, escravidão e criação de si na América do século 19* (Fósforo) e *Perder a mãe: uma jornada pela rota atlântica de escravos* (Bazar do Tempo). Entre outras distinções acadêmicas que recebeu, foi MacArthur "Genius" Fellow, Guggenheim Fellow, Cullman Fellow, e ganhou uma bolsa Fulbright.

Notas

1. Frantz Fanon, *Pele negra, máscaras brancas*. São Paulo: Ubu, 2020. *The Wretched of the Earth*, 1963; reimpressão: Nova York: Grove Press, 2005.

2. Referência à exposição *3 & 4 Will. IV. c.73*, de Cameron Rowland, Institute of Contemporary Arts (ICA), Londres, 2020.

3. Frantz Fanon, *Pele negra, máscaras brancas*. São Paulo: Ubu, 2020, p. 154.

4. *O diabo, a carne e o mundo* (1959). Direção: Ranald MacDougall. Roteiro: M. P. Shiel, Ferdinand Reyher, Ranald MacDougall. Música: Miklós Rósza. Intérpretes: Harry Belafonte, Inger Stevens, Mel Ferrer.

5. Khalil Muhammed, *The Condemnation of Blackness: Race, crime, and the making of modern urban America*. Massachusetts: Harvard University Press, 2010.

6. Hortense Spillers, "Changing the Letter: The Yokes, The Jokes of Discourse, or Mrs. Stowe, Mr. Reed". In: *Black, White, and in Color*. Chicago: University of Chicago Press, 2003.

7. Sylvia Wynter, "Beyond the Categories of the Master Conception: The Counter-doctrine of the Jamesian Poesis".

In: Paget Henry, Paul Buhle (Orgs.) *C.L.R. James's Caribbean*. Durham: Duke Press, 1992.

8. Ida B. Wells, *A Red Record: Tabulated Statistics and Alleged Causes of Lynching in the United States* (1895).

9. James Feigenbaum, Christopher Muller, Elizabeth Wrigley-Field, "Regional and Racial Inequality in Infectious Disease Mortality in U.S. Cities, 1900-1948". In: *Democracy* 56 (2019), pp. 1371-88.

10. Katherine McKittrick, "Mathematics Black Life". In: *The Black Scholar* v. 44, n. 2, 2014.

11. W. E. B. Du Bois, "My Evolving Program for Negro Freedom" (1944), pp. 41-57.

12. Jared Sexton, "Afro-Pessimism: The Unclear Word". In: *Rhizomes*, n. 29 , 2016. Darieck Scott, *Extravagant Abjection*. Manhattan: NYU Press, 2010. Calvin Warren, *Ontological Terror*. Durham: Duke University Press, 2018.

13. W. E. B. Du Bois, "Sobre o falecimento do primogênito". In: *As almas do povo negro*. São Paulo: Veneta, 2021.

14. Aimé Césaire, *Discurso sobre o colonialismo*. São Paulo: Veneta. 2020. Achille Mbembe, *Crítica da razão negra*. São Paulo: N-1 Edições, 2018. Frank B. Wilderson III, *Red, White & Black*. Durham: Duke Press, 2010.

15. Axelle Karera, "Blackness and the Pitfalls of Anthropocene Ethics". In: *Critical Philosophy of Race* v. 7, n. 1, 2019, pp. 32-56. Zakiyyah Iman Jackson, *Becoming Human*. Nova York: Fordham University Press, 2020. Sobre antinegritude e um mundo pós-humano.

16. Alexander Weheliye, *Habeas Viscus*. Durham: Duke Press, 2016.

17. Frantz Fanon, *Pele negra, máscaras brancas*. São Paulo: Ubu, 2020. (N. E.)

18. *O diabo, a carne e o mundo*. Op. cit.

19. Frantz Fanon, *The Wretched of the Earth*, 1963; reimpressão: Nova York: Grove Press, 2005. (N. E.)

20. Axelle Karera, "Blackness and the Pitfalls of Anthropocene Ethics". In: *Critical Philosophy of Race* v. 7, n. 1, 2019. Jared Sexton, "Affirmation in the Dark: Racial Slavery and Philosophical Pessimism". In: *The Comparatist*, n. 43, out. 2019.

21. Hortense Spillers, *Black, White, and in Color*. Chicago: University of Chicago Press, 2003. Denise Ferreira da Silva, "To Be Announced". In: *Social Text* 31.1 (primavera de 2013). "Hacking the Subject". In: *philosophia* 8.1 (inverno de 2018). Zakiyyah Iman Jackson, *Becoming Human: matter and meaning in an antiblack world*. Manhattan: NYU Press, 2020.

22. *Queen & Slim — Os perseguidos* (2019). Direção: Melina Matsoukas. Roteiro: Lena Waithe, James Frey. Música: Devonté Hynes. Intérpretes: Daniel Kaluuya, Jodie Turner-Smith.

Copyright O fim da supremacia branca © 2020 by Saidiya Hartman
Copyright da tradução © 2021 Editora Fósforo

Todos os direitos reservados. Nenhuma parte desta obra pode ser reproduzida, arquivada ou transmitida de nenhuma forma ou por nenhum meio sem a permissão expressa e por escrito da Editora Fósforo.

EDITORAS Rita Mattar e Fernanda Diamant
ASSISTENTE EDITORIAL Mariana Correia Santos
PREPARAÇÃO Cristiane Alves Avelar
REVISÃO Eduardo Russo e Paula B. P. Mendes
PRODUÇÃO GRÁFICA Jairo Rocha
CAPA Alles Blau
IMAGEM DA CAPA Library of Congress (Du Bois, W. E. B.) (William Edward Burghardt)
MAPA DE NOVA YORK DAS PP. 6-7 The New York Public Library Digital Collections (Publisher: Phelps, Humphrey, 19th cent.)
PROJETO GRÁFICO DO MIOLO Alles Blau
EDITORAÇÃO ELETRÔNICA Alles Blau e Página Viva

Dados Internacionais de Catalogação na Publicação (CIP)
(Câmara Brasileira do Livro, SP, Brasil)

Bois, W. E. B. Du
  O cometa ; O fim da supremacia branca / W. E. B. Du Bois, Saidiya Hartman ; tradução André Capilé, floresta. — São Paulo : Fósforo, 2021.

  Título original: The comet ; The end of the white supremacy
  ISBN: 978-65-89733-06-5

  1. Ficção científica norte-americana 2. Ficção norte-americana
  I. Hartman, Saidiya. II. Título. III. Título: O fim da supremacia branca.

21-59763
CDD – 813.0876
– 813

Índices para catálogo sistemático:
1. Ficção científica : Literatura norte-americana 813.0876
2. Ficção : Literatura norte-americana 813

Cibele Maria Dias — Bibliotecária — CRB/8-9427

1ª edição
2ª reimpressão, 2025

Editora Fósforo
Rua 24 de Maio, 270/276, 10º andar, salas 1 e 2 — República
01041-001 — São Paulo, SP, Brasil — Tel: (11) 3224.2055
contato@fosforoeditora.com.br / www.fosforoeditora.com.br

Este livro foi composto em GT Alpina e
GT Flexa e impresso pela Ipsis em papel
Pólen Bold 90 g/m² da Suzano para a
Editora Fósforo em julho de 2025.

A marca FSC® é a garantia de que
a madeira utilizada na fabricação
do papel deste livro provém de
florestas gerenciadas de maneira
ambientalmente correta, socialmente
justa e economicamente viável e de
outras fontes de origem controlada.